Robert

SCHUMANN

THE COMPLETE WORKS
IN SIX VOLUMES

VOLUME I

Edited according to manuscripts and
from her personal recollections by
CLARA SCHUMANN

FOR PIANO

K 03923

CONTENTS

Variationen über den Namen Abegg

Variations on the name "Abegg"   Variations sur le nom Abegg

Comtesse Pauline v. Abegg gewidmet

Robert Schumann, Op. 1
(1830)

Var. III

M. M. ♩=104

mf corrente

*) Hier ist der „Chopin'sche" Fingersatz der chromatischen Tonleiter am Platze, um möglichste „Akkuratesse" zu erzielen.
Chopin's *fingering of the chromatic scale is the one best suited to this passage in order to obtain the greatest possible accuracy.*
Il faut employer ici le doigté de Chopin, afin d'obtenir la plus grande précision possible.

Finale alla Fantasia

Vivace M. M. ♩.=96

Papillons

Fräulein Therese, Rosalie und Emilie gewidmet

Robert Schumann, Op. 2
(1830/31)

*)Scharf rhythmisch, nicht etwa:
Strict rhythm, e. g. not:
Très rythmique, mais non:

Finale

(M.M. ♩ = 163)

*)Hier muß die Oberstimme glanzvoll schmetternd dominieren, während in dem darauffolgenden Ritornell sanfter Oboenklang vorherrschen soll.

Here the upper part must dominate with a brilliant ringing tone, while in the following Ritornelle, soft Oboe-like sounds should be the most prominent.

Ici, le chant doit ressortir avec une sonorité éclatante, tandisque, dans la ritournelle suivante, c'est le timbre doux du hautbois qui doit prédominer.

Studien für das Pianoforte
nach Capricen von Paganini

Studies for the Pianoforte
on Caprices of Paganini

Etudes pour le Piano
d'après des Caprices de Paganini

Robert Schumann, Op. 3
(1832)

VORWORT

Auf so viele Schwierigkeiten, technische wie harmonische, der Herausgeber während der Bearbeitung dieser Capricen auch stieß, so unterzog er sich ihr doch mit großer Lust und Liebe.

Die Aufgabe für ihn war: bei einer dem Charakter und den mechanischen Mitteln des Klaviers angemessenen Übertragung dem Original möglichst treu zu bleiben.

Er gesteht gern, daß er mehr geben wollte, als eine bloße Baßbegleitung. Denn obschon ihn das Interesse, welches die Komposition an sich für ihn hatte, zur Arbeit anregte, so glaubte er auch dadurch Solospielern Gelegenheit zu geben, einen ihnen oft gemachten Vorwurf von sich abzuwenden: daß sie nämlich andere Instrumente und deren Eigentümliches zu wenig zur Ausbildung und Bereicherung des eigenen benutzen; hauptsächlich aber hoffte er dadurch manchen sonst sehr achtbaren Künstlern nützlich zu werden, die aus Scheu gegen alles Neue von veralteten Regeln nicht gern lassen wollen.

Der Herausgeber hat nicht gewagt, an Paganinis Bezeichnung des Vortrags, so launenhaft eigentümlich sie ist, etwas zu ändern. Wenn er aber hier und da ergänzte oder klaviermäßiger machte, d. i. daß er lang fortgesetzte halbgetragene Violinpassagen in völlig gebundene veränderte, zu große Sprünge in der Oktave verkleinerte, unbequem liegende Intervalle in nähere verkehrte und dgl., so geschah dies, ohne daß das Original gerade beschädigt wurde. Nie aber opferte er eine geistreiche oder eigentümliche Wendung einem schwierigen oder freieren Fingersatz auf.

Er erlaubt sich noch einige Andeutungen über die Art des Studiums und des Vortrags dieser Capricen, sollte er damit auch nur an Bekanntes oder Vergessenes erinnern.

Keiner andern Gattung musikalischer Sätze stehen poetische Freiheiten so schön, als der Caprice. Ist aber hinter der Leichtigkeit und dem Humor, welche sie charakterisieren sollen, auch Gründlichkeit und tieferes Studium sichtbar, so ist das wohl die echte Meisterschaft. Darum zeichnete der Herausgeber einen sehr ge-

PREFACE

However numerous the difficulties, technical and harmonic, which confronted the editor in the adaptation of these Caprices, it was nevertheless a task into which he put his whole heart.

His aim was to make a transcription which, while well adapted to the character and mechanical resources of the pianoforte, should remain as far as possible faithful to the original.

He freely admits that he wished to give more than a mere bass-accompaniment. For although the interest which he felt for the composition was itself an incentive to the work, he hoped at the same time to give solo-players an opportunity of refuting a reproach frequently made to them, namely this: that they make too little use of other instruments and their peculiar qualities for the cultivation and enrichment of their own; but his chief hope was that, he might be of service to many an artist, highly esteemed in other respects, who, deterred by timidity towards everything new, is unwilling to depart from antiquated rules.

The editor has not ventured to make any changes in Paganini's marks of expression, peculiar and whimsical though they be. If however, here and there, he has added to or adapted a passage, to make it more suitable for the requirements of the piano, e.g. in changing long continued, semi-legato violin passages into strictly legato ones, in reducing too great skips in the octave, altering awkwardly wide intervals by inversion, and so on, this has been done without direct hurt to the original. But he has never sacrificed an ingenious or characteristic turn to a difficult or freer fingering.

He ventures to add some suggestions as to the manner of studying and performing these Caprices, even though, by so doing, he may be merely recalling what is already known or forgotten.

To no other kind of musical composition is poetic licence so suited as to the Caprice. But if behind the lightness and humour which should characterize it, thoroughness and serious study are also evident, then indeed we have real mastery.

AVANT-PROPOS

Malgré les nombreuses difficultés, techniques ou harmoniques, que l'éditeur a rencontrées en transcrivant ces Caprices, il a accompli ce travail avec plaisir et amour.

Le but qu'il s'était proposé était de rester aussi fidèle que possible à l'original, tout en adaptant sa transcription à la nature et au mécanisme du piano.

Il concède volontiers qu'il a voulu donner plus qu'un simple accompagnement de basse. Bien que l'attrait que cette composition exerçait sur lui l'eût poussé au travail, il a cru donner aux solistes l'occasion de s'éviter le reproche, qu'ils reçoivent si souvent, de ne pas profiter suffisamment des ressources particulières des autres instruments pour enrichir et perfectionner le leur; et surtout, il a nourri l'espoir de rendre service à tant d'artistes, fort estimables sans doute, mais qui, effrayés par toute nouveauté, ne veulent pas de bon gré abandonner des règles surannées.

L'éditeur s'est interdit de modifier en quoi que ce soit les indications d'interprétation, si capricieusement originales, de Paganini. Lorsqu'il les a complétées, çà et là, ou rendues plus pianistiques, c'est-à-dire, lorsqu'il transcrit des passages de violon à demi-portés, en traits complètement liés, réduit les sauts d'octave trop grands, ou diminue des intervalles trop incomodes, il le fait sans nuire en rien à l'original. Jamais il n'a sacrifié une idée ingénieuse ou originale à un doigter difficile ou plus libre.

Il se permettra de donner encore quelques indications sur la manière d'étudier et d'interpréter ces Caprices, même au risque de rappeler des choses connues ou oubliées.

Il n'existe aucun genre, en musique, où les licences poétiques soient aussi belles que dans le Caprice. Mais, quand, en plus de la légèreté et de l'humour, qui doivent le caractériser, on y découvre de la profondeur et un travail sérieux, on se trouve en présence d'un véritable chef-d'œuvre. Aussi, l'éditeur a-t-il indiqué le doigter avec soin et grande exactitude, premier principe de tout jeu parfait (au point de vue mécanique). Il faut donc

nauen und sorgsam überlegten Fingersatz an, als ersten Grund alles tüchtigen (mechanischen) Spiels. Richte also der Studierende vor allem sein Augenmerk darauf. Soll aber das Spiel auch als technisch schön erscheinen, so strebe er nach Schwung und Weichheit des Tones im Anschlag, nach Rundung und Präzision der einzelnen Teile und nach Fluß und Leichtigkeit des Ganzen. Dann, nach Ausscheidung aller äußeren Schwierigkeiten, wird die Fantasie sich sicher und spielend bewegen können, ihrem Werke Leben, Licht und Schatten geben und was an freierer Darstellung noch mangeln sollte, leicht vollenden.

Die beigefügten Beispiele sollen nur auf ähnliche hindeuten. Er rät sogar vorgerückten Spielern an, nur selten Übungen aus Klavierschulen zu spielen, lieber eigene zu erfinden und etwa als Vorspiele im freien Fantasieren einzuflechten, da dann alles viel lebendiger und vielseitiger verarbeitet wird.

NB. Zur Übung im Capriccio-Stil sind den Klavierspielern, außer den älteren von Müller, die von Felix Mendelssohn, namentlich das (klassische) in fismoll und für das brillante Spiel die wenig bekannten und sehr geistreichen von J. Pohl zu empfehlen. Auch einige der Bachschen Fugen im „Wohltemperierten Klavier" können zu diesem Zweck mit Nutzen studiert werden, im ersten Heft etwa die in cmoll, Ddur, emoll, Fdur, Gdur u. a. m.

Von mehr als bloß mechanischem Nutzen wird es auch sein, die Vorübungen oder selbsterfundenen Passagen usw. in andere und schwerere Tonarten zu versetzen.

Das Schwierige der ersten Caprice liegt für den Pianofortespieler im besondern, selbständigen Kolorit, das jede einzelne Hand behaupten soll. Nur wenn die verschiedenen Stimmen sich im Fortissimo bewegen, sollen beide Hände mit durchaus gleicher Kraftäußerung wirken. Das schon ohnehin lebhafte Tempo mag in der Mitte des Satzes etwas wachsen, muß aber gegen das Ende hin unmerklich in das angefangene übergehen bei einer von Zeit zu Zeit wiederkehrenden rhythmischen Akzentuation der guten Taktteile, die, wenn sie nicht steif hervorgebracht wird, für Spieler und Zuhörer gleich beruhigend ist. Noch ist in der ganzen Etüde auf das richtige Aufheben der Finger zu achten.

For this reason, the editor has given a very exact and carefully considered fingering, as being the first foundation of all sound technique. Above all therefore, the student should turn his attention to this. But if his technical work is to sound beautiful as well, he should strive for energy and delicacy of tone in his touch, for finish and precision of the individual parts, and for fluency and lightness of the whole. Then, when all these external difficulties are overcome, his imagination may safely be allowed full play, giving life, light and shade to the work, and easily bringing to perfection what may still be lacking in freedom of interpretation.

The accompanying examples are given merely to suggest other similar ones — more advanced players are advised to practise only rarely, exercises from 'Schools of Pianoforte playing', but in preference to invent their own, introducing them, for instance, as preludes into extemporisations; for by so doing everything will be worked out in detail with greater vitality and comprehensiveness.

NB. For practice in the Capriccio-style, in addition to the older ones by Müller, those by Mendelssohn, especially the classic one in $F\sharp$ minor, are recommended; for virtuosity, the little known and very clever ones by J. Pohl. And too, some of Bach's Fugues, from the '48 Preludes and Fugues' may be studied with profit for this purpose, e. g. in Book I those in C-minor, D-major, E-minor, F-major, G-major, &c.

There is more to be gained than mere technical proficiency if the preparatory exercises or self-invented passages are transposed, and practised in other and more difficult keys.

For the pianist, the chief difficulty of this first Caprice is that each hand is required to maintain a distinct and independent quality of tone. It is only when the different parts are all in fortissimo that both hands should play with exactly the same strength. The tempo, already rather quick, may be somewhat increased in the middle of the movement but must return very gradually to the tempo Imo towards the end, with an occasionally recurring rhythmical accentuation of the strong beats of the bar, which, if done without rigidity, produces calm both for player and hearer alike. Another point to be observed throughout the study is the correct raising of the fingers.

avant tout apporter une grande attention au doigter. Mais comme l'exécution doit avoir en outre une beauté technique, on s'efforcera d'obtenir un son doux et élastique, de donner à chaque partie toute la rondeur et la précision désirables et, à l'ensemble, un débit aisé et léger. Ce n'est qu'une fois vaincues toutes les difficultés mécaniques, que l'imagination pourra se jouer avec sûreté, donner à son œuvre vie, lumière et ombre, et parfaire avec aisance ce qui manquerait encore à une exécution plus libre.

Les exemples ajoutés ne sont que des indications. On conseillerait même aux exécutants avancés de ne jouer que rarement les exercices des méthodes; qu'ils en inventent plutôt eux-mêmes et les introduisent comme des préludes, en une libre improvisation; l'ensemble en tirera plus de vie et de variété.

NB. Pour compléter l'étude du style-caprice, on recommande aux pianistes d'étudier, outre les anciens Caprices de Müller, ceux de Felix Mendelssohn, notamment celui en $fa\sharp$ mineur (classique) et, pour leur jeu brillant, ceux de J. Pohl, moins connus mais très intéressants. Il y a aussi quelques Fugues, dans le Clavecin bien tempéré de Bach, qui peuvent servir d'études, notamment celles en ut mineur, en $ré$ majeur, en mi mineur, en fa majeur, en sol majeur, du premier cahier.

On parviendra aussi à une perfection qui ne sera pas purement mécanique, en transposant les exercices préparatoires, des traits, etc., qu'on inventera soi-même, dans d'autres tonalités, plus difficiles.

Dans ce premier Caprice, ce qu'il y a de plus difficile pour le pianiste, c'est de lui donner le coloris particulier qu'il exige de chaque main. Les deux mains ne doivent jouer avec la même force que là où les différentes parties sont fortissimo. Le mouvement, rapide d'ailleurs, peut s'animer encore un peu dans le milieu du morceau, mais il faut ralentir insensiblement pour revenir au mouvement initial, en répétant de temps en temps sur les temps forts un accent rhythmique qui, si on l'emploie sans trop de raideur, produira un effet de calme agréable pour l'auditeur et pour l'exécutant. Dans toute cette étude, on veillera à lever les doigts avec régularité.

4 (26)

Von dem Satz ausgehend, daß (mit wenigen Ausnahmen bei Doppelgriffen) in Passagen oder Tonleitern der Fingersatz auf- wie abwarts der nämliche sein soll, hat sich der Herausgeber in der chromatischen Tonleiter für die angezeichnete entschieden.

Die Regel ist leicht: in der rechten Hand auf Fis und Cis, in der linken auf Es und B den dritten Finger. Der Studierende entschließe sich in dergleichen Sachen frühzeitig zu einem oder dem andern, weil im andern Falle das Fortschreiten später aufgehalten würde*).

In Verbindung mit dieser Caprice können Tonleitern in entgegengesetzten Schattierungen geübt werden: etwa sich aneinanderschließend, wie bei a, sich durchkreuzend, wie bei b, in Begleitung einer unähnlichen Figur, wie bei c, d.

On the principle that in Scales or passages (with a few exceptions in the case of double notes) the same fingering should be used both in ascending and descending, the editor has decided for the one indicated, for use in the chromatic scale.

The rule is easy: the third finger on F♯ and C♯ in the right hand, and on E♭ and B♭ in the left hand. In such matters the student should decide for himself on the one or other method as soon as possible, as otherwise his progress would be checked later on.

In connection with this Caprice, scales in contrary motion and shadings may be practised; for instance, interconnecting, as at a; intercrossing, as at b; accompanying a dissimilar figure as at c, d.

Partant du principe que (à peu d'exceptions près) le doigter doit être le même en montant comme en descendant les traits ou les gammes, l'éditeur a adopté comme la meilleure la gamme ci-dessous.

La règle est simple: placer le 3ᵐᵉ doigt sur le fa♯ et l'ut♯ à la main droite, et sur le mi b et le si b à la main gauche. L'élève devra adopter de bonne heure, dans les cas analogues, tel ou tel doigter; sinon il serait arrêté dans ses progrès ultérieurs.

En même temps que ce Caprice, on pourra s'exercer à jouer, avec des nuances contraires, des gammes qui se rejoignent comme en a), se croisent comme en b), ou sont accompagnées d'une figure contrastante, comme en c) et en d).

*) Der Herausgeber empfiehlt, sich beide Fingersätze der chromatischen Tonleiter zu eigen zu machen. Der von Schumann vorgeschlagene eignet sich besonders für das Fortespiel, wogegen der sogenannte „Chopin'sche" größere Ausgeglichenheit _ besonders im Pianospiel _ ermöglicht

The editor recommends the student to acquire both forms of fingering for the chromatic scale. The one suggested by Schumann is especially suited for playing Forte, whereas the so-called "Chopin" fingering makes it possible to give greater smoothness, especially in playing Piano

Le réviseur recommande d'adopter deux doigtés pour les gammes chromatiques. Celui que propose Schumann est bon, surtout dans les forte, tandisque le doigté dit de Chopin permet _ surtout dans les piano, _ une grande égalité

Die zweite Caprice kann als Übung in Doppelgriffen für die rechte Hand und in Sprüngen für die linke angesehen werden. Hier braucht der Spieler nur auf genaues Zusammenschlagen der Terzen aus lockerem Fingergelenk acht zu haben. Es lernt sich dies leichter und bequemer durch Fortspielen, als durch zu ängstliche Übung einzelner Glieder.

Im e moll-Satz soll die Unterstimme der rechten Hand sehr zart an die letzte Note des arpeggierten Akkordes gebunden werden, wobei auf ein präzises Aufheben der Daumen zu achten ist, welches den Gesang der beiden Stimmen deutlicher macht. Zur Übung des vierten Fingers ist in den Akkorden der linken Hand die Terz verdoppelt.

Das Minore (a moll), das wie in allen Paganinischen Capricen ziemlich um die Hälfte langsamer geht als das Majore, wird seine Wirkung nicht verfehlen, wenn es der Spieler leicht, launig und leidenschaftlich vorträgt.

Mit dem Studium dieser Caprice verbinde man etwa Übungen von Tonleitern in Doppelgriffen, diatonisch, wie bei a, b, c — mit chromatischen Tönen, wie bei d, e, f — mit freien Nebenstimmen, wie bei g, h.

Statt des schwankenden Fingersatzes in Klavierschulen wähle man einen seiner Hand angemessenen eigenen oder übe den von drei zu drei Terzen fortrückenden für alle diatonischen Tonleitern, z. B.

This Caprice may be regarded as an exercise in double notes for the right hand, and in leaps or skips for the left. The player need only pay attention to striking the thirds precisely together, keeping the fingers free from stiffness. This is learnt more easily and comfortably by continuous playing, than by over-practising different groups.

In the *E*-minor movement, the lower voice of the right hand should be very delicately joined to the last note of the arpeggio-chord, being careful to raise the thumb precisely, thus bringing out the melody in both parts more distinctly. As an exercise for the fourth finger, the third is doubled in the chords for the left hand.

The 'Minore' (*A*-minor) which, as in all Paganini Caprices, goes about one half slower than the 'Majore', will not fail in its effect if it is played lightly, capriciously, and con passione. Exercises of scales in double notes might be combined with the study of this Caprice; for instance, diatonic, as at a, b, c; with chromatic intervals, as at d, e, f; with free accompanying-parts, as at g, h.

Instead of the varying fingerings found in many 'Schools of Pianoforte-playing' the player should choose one for himself, best suited to his hand, or practise the one which repeats after groups of three for all the diatonic scales, e. g.

Ce Caprice peut servir d'étude en doubles notes à la main droite et en sauts à la main gauche. L'exécutant doit simplement chercher à obtenir un toucher égal dans les tierces, en donnant de l'élasticité au poignet. Cela s'obtient plus aisément en jouant de suite qu'en travaillant chaque difficulté séparément.

Dans le mouvement en *mi* mineur, les notes inférieures de la main droite seront liées très mollement à la dernière note de l'accord arpégé; il faut lever avec précision le pouce afin de mieux faire ressortir les deux parties. Dans les accords de la main gauche, la tierce est redoublée afin d'exercer le 4me doigt.

Le mineur (*la* mineur) qui, comme dans tous les Caprices de Paganini, est à peu près moitié plus lent que le majeur, ne manquera pas de produire son effet, si on le joue avec aisance, caprice et passion.

On joindra à l'étude de ce Caprice des exercices de gammes en doubles notes, diatoniquement, comme en *a*), *b*), *c*), — avec des notes chromatiques intercalées, comme en *d*), *e*) et *f*), — avec un accompagnement libre, comme en *g*) et *h*).

Au lieu du doigter variable des méthodes de piano, on en choisira un conforme à sa main, ou l'on s'exercera, par exemple, à jouer les tierces consécutives de 3 en 3, dans tous les tons diatoniques.

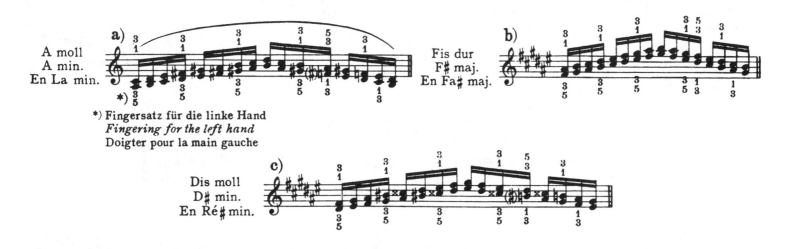

*) Fingersatz für die linke Hand
Fingering for the left hand
Doigter pour la main gauche

Mit chromatischen Tönen:— *With chromatic notes:*— Avec des sons chromatiques:

Mit freien Nebenstimmen:— *With free accompaniment:—* **Avec accompagnement libre:**

Rechte Hand allein— *Right hand alone—* **Main droite seule-Destra sola**

Der dritte Capricen-Satz steht mehr wegen seines innigen, einfachen Gesanges, denn als Studie da. Es tat dem Herausgeber leid, den humoristischen, aber gar zu unklaviermäßigen Mittelsatz weglassen zu müssen, wodurch der Charakter der Caprice verloren ging. Er macht noch auf das stille Ablösen der Finger auf einer Taste aufmerksam, das (hier weniger) im Adagio oft von schöner Wirkung ist, und auf die breiten Arpeggios der linken Hand bei weiser Benutzung des Pedals, das dem denkenden Spieler überlassen bleibt. Es möchten kaum mehr Verzierungen, als die vorgeschriebenen, anzuraten sein, am wenigsten der Doppelschlag, wie z. B.	The third Caprice stands forth more for its simple heartfelt song than as a study. The editor, very regretfully, felt obliged to omit the humorous middle movement as being altogether too unsuited to the pianoforte, thus sacrificing the character of the Caprice. He draws attention to the silent change of fingers on the same key, which (although less here) often produces a beautiful effect in adagio movements; also to the wide arpeggios in the left hand together with a judicious use of the pedal, which is left to the discretion of the thoughtful player. It is hardly advisable to add any more ornaments than those indicated, and least of all to make use of the turn, e.g.:	Le troisième des Caprices figure ici moins comme une étude que comme un chant touchant et simple. L'éditeur a eu le regret d'en supprimer le milieu qui, malgré son humour, est trop peu pianistique, ôtant ainsi à ce Caprice son originalité. Il attire encore l'attention sur les substitutions de doigts sur une note tenue; ils font souvent (mais à un moindre degré ici) un bel effet dans l'adagio, et dans les grands arpéges de la main gauche, où l'usage de la pédale est laissé à la discrétion de l'exécutant. On conseille de n'employer que les ornements prescrits, tout au moins le gruppetto, par ex.:

| Doch sind einem gebildeten Geschmack auch hier keine Grenzen anzuweisen.

Bei Erlernung dieses Satzes können vielleicht mit geübt werden: | But even here, no limitations need be dictated to a cultivated taste.

In learning this movement, the following might perhaps be practised at the same time: | Mais on ne peut fixer de limites au bon goût.

Pour étudier ce morceau, on pourra travailler les exercices suivants: |
|---|---|---|

Folgende Übungen gehören auch ins Adagio
The following exercises also belong to the Adagio
Encore une espèce d'études pour l'Adagio

Die vierte Caprice mag leidenschaftlich bis zum Kontrast und im glänzendsten Kolorit vorgetragen werden; keine Note darf hier ohne Ausdruck sein. Wenn in der zweiten der Spieler auf präzises Zusammenschlagen der Doppelgriffe zu achten hatte, so kann er hier die chromatischen Terzen*) leicht und kurz mit denselben Fingern*) brechen. Im Minore ist der rasche Wechsel vom Legato zum Stakkato zu bemerken; um ihn deutlich und schön auszuführen, ist ein langsames Einüben im Anfange ratsam. Die Wirkung des g moll-Satzes wird ungemein erhöht, wenn sich beide Hände in durchaus gleichen Schattierungen bewegen.

*) Sollen chromatische Gänge in Doppelgriffen gebunden gespielt werden, so ist der Fingersatz:

This Caprice should be played passionately, with strong contrasts and the utmost brilliancy of colouring; not a single note in it should be without expression. While in the second Caprice, the player had to pay strict attention to precision in striking the double notes exactly together, here he may break the chromatic thirds lightly and quickly with the same fingers*). In the 'Minore' the quick change from legato to staccato must be noticed; in order to execute this clearly and well, it is advisable to begin by practising slowly. The effect of the *G*-minor movement will be greatly enhanced if both hands play in exactly the same gradations of tone-colour.

*) When chromatic passages in double notes are to be played legato, the fingering is as follows:

Ce Caprice doit être joué avec une passion allant jusqu'à l'antithèse, dans une teinte brillante; il ne faut pas laisser une note sans expression. Alors que, dans le second Caprice, l'exécutant devait chercher à obtenir un toucher précis dans les doubles notes, ici, il peut détacher avec légèreté et brièveté*) les tierces chromatiques; dans le mineur, il faut observer la transition brusque du legato au staccato; pour les bien exécuter, il est prudent, au début, de les travailler avec lenteur. L'effet du moderato en *sol* mineur sera considérablement accru, si les deux mains donnent exactement les mêmes nuances.

*) Des traits chromatiques de ce genre en doubles notes doivent être joués legato, avec ce doigter:

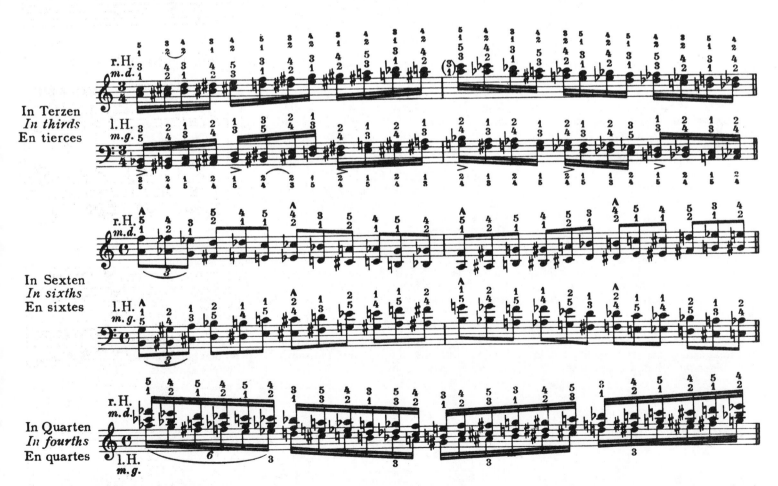

In Terzen
In thirds
En tierces

In Sexten
In sixths
En sixtes

In Quarten
In fourths
En quartes

Anmerkung. Werden Harmonien in Figuren oder Passagen zerteilt, so führe man den Fingersatz auf den der Stammakkorde zurück

Note. When harmonies are divided into figures or passages, revert to the fingerings of the fundamental chord

Remarque. Quand il y a des harmonies à réduire à des figures ou des passages, on se servira du doigter des accords fondamentaux

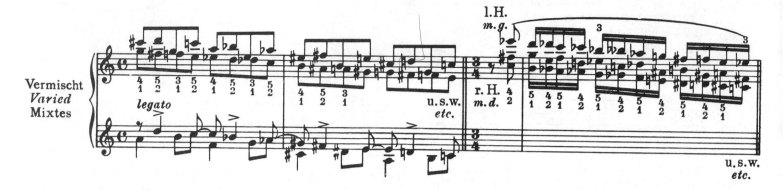

Vermischt
Varied
Mixtes

The execution of the fifth Caprice is made difficult by the need for keeping distinct and separate the gradations of tone in the three voices, in pia no, forte, and pia nissimo, which, also in crescendo or diminuendo, must increase or decrease in proportion. The appoggiaturas, for which short shakes may be substituted at the repeat, should be marked by a slight predominance, (more suggested than actual) whereby the movement gains in animation.

Der Vortrag der fünften Caprice wird durch die genau zu trennenden Schattierungen der drei Stimmen im piano, forte und pianissimo schwierig gemacht, welche auch beim crescendo oder diminuendo im Verhältnis wachsen oder abnehmen müssen. Die Vorschläge, deren Stelle bei der Wiederholung auch kurze Triller vertreten können, sollen sich durch ein kleines (mehr inneres) Übergewicht auszeichnen, wodurch der Satz an Bewegung gewinnt.

In der sechsten Caprice hat der Herausgeber geflissentlich nur einzelne Finger bemerkt. Wem es aber Ernst um Erlernung dieses Satzes ist, der fülle die leeren Stellen aus, da, im Falle man nicht über jede Note mit sich einig wäre, ein vollkommenes Beherrschen der ohnehin sehr schwierigen Caprice nicht möglich sein würde. — Obgleich Paganini das Zeitmaß mit presto bezeichnete, so wird ein zu rasches der Großartigkeit des Ganzen Eintrag tun. Vielleicht hätte es ein anderer im entgegengesetzten Sinne aufgefaßt gewünscht — und überhaupt würde es nicht uninteressant sein, wenn eine geschicktere Hand eine zweite Bearbeitung unternähme.

In this Caprice, the editor has purposely only fingered certain notes. But anyone really in earnest about learning this piece, should fill up the blanks for himself; for unless he has clearly made up his mind about each individual note, a complete mastery of this extremely difficult Caprice will be impossible. Although Paganini marked the time Presto, a too quick tempo would be detrimental to the grandeur of the whole. Someone else, perhaps, might have wished an interpretation from just the opposite point of view. And in any case, it would be not without interest if some more skilful hand were to undertake a second adaptation of the work.

Das Ungewöhnliche der Schwierigkeit liegt nun im fast stechend-scharfen Ausdruck einzelner Töne, während die anderen Stimmen durchaus gebunden fortgehen sollen. Auch hier wird Langsamkeit im Üben am schnellsten und sichersten zum Ziele führen. — In der zweiten Hälfte müssen die sich verzweigenden Stimmen durch besonderen Anschlag unterschieden werden.

The peculiar difficulty in this case lies in the almost stingingly sharp emphasis to be given to certain tones, while the other voices proceed in perfect legato throughout. Here again, practising slowly is the quickest and surest way to success. In the second half the diverging parts must be individually characterized by a special touch for each.

Um die einzelnen Finger zu stärken und unabhängig zu machen, kann man sich folgender Übungen bedienen:

To give strength and independence to each of the fingers, the following exercises may be practised:

L'exécution du cinquième Caprice est rendue difficile par les nuances qui font ressortir nettement les trois parties, piano, forte et pianissimo; dans le crescendo et le diminuendo, il faut les faire croître et décroître à proportion. Les appogiatures, qu'on peut remplacer par des trilles brefs, à leur retour, doivent se faire sentir par une légère accentuation (plutôt interne); le morceau gagnera ainsi en animation.

Dans ce Caprice, l'éditeur n'a indiqué intentionnellement que des doigters isolés. Mais si l'on désire le travailler sérieusement, on pourra remplir les vides; car, si l'on n'était pas sûr de chaque note, il ne serait pas possible de se rendre maître de ce Caprice très difficile. — Bien que Paganini ait indiqué le mouvement presto, ce serait attenter à la grandeur de l'ensemble que de le prendre trop vite. — D'autres peut-être seraient d'un avis diamétralement opposé, — et il ne serait pas sans intérêt qu'une main plus habile en entreprît un autre arrangement.

La difficulté exceptionnelle de ce morceau réside dans l'expression nette et presque coupante de certaines notes, alors que les autres parties continuent, absolument liées. Là encore, une étude lente conduira au but de la façon la plus rapide et la plus sûre. Dans la seconde moitié, il faut distinguer par un toucher particulier chacune des parties qui s'entrecroisent.

Pour rendre les doigts plus forts et plus indépendants, on pourra faire les exercices suivants:

Mehrstimmig. _Polyphonic._ A plusieurs parties

b) Presto

Mit dieser Caprice übe man auch Tonleitern oder Passagen mit scharfer Betonung einzelner Noten im Legato. Namentlich ist diese Art der Akzentuation auf Dissonanzen mit guter Wirkung zu gebrauchen. Achte aber der Spieler darauf, daß der Ton weder grell noch hölzern werde.

Beispielsweise:

Together with this Caprice, practise scales or passages with sharp accents on particular notes in legato. Placed on dissonances, in particular, this kind of accentuation may be used with good effect. The player should take care, however, that the tone does not become either harsh, or stiff and wooden.

For example:

En même temps que ce Caprice, on travaillera des gammes ou des traits, en accentuant avec force les notes isolées, dans le legato. Ce genre d'accentuation, appliqué surtout aux dissonances, y produira un bon effet. Mais l'exécutant devra veiller à ce que le son ne soit ni criard ni sec.

Exemple:

Mit Accentuierung der Dominante. _With accentuation of the dominant._ En accentuant la dominante

English translation by Mevanwy Roberts. Traduction française par J. G. Prod'homme.

Der Herausgeber rät kaum dazu, diese Capricen, wie überhaupt größere Stücke hintereinander zu studieren. Lieber lege man sie von Zeit zu Zeit weg, nehme einzelne Stellen heraus, spiele diese im Zusammenhang, feile dann wieder von vorne an, bis man es für ratsam hält, die letzte Hand ans Werk zu legen. Denn wie das Schönste, steht es an der unrechten Stelle oder wird es übertrieben genossen, endlich Gleichgültigkeit oder Überdruß erzeugt, so wird auch nur ein mäßiges, dann aber mit Wärme fassendes Studium das Fortschreiten erleichtern, die Kräfte im Gleichgewicht halten und der Kunst ihren Zauber bewahren, der nun immer die Seele bleibt.

Sämtliche Capricen sind aus Paganinis erstem Werke gewählt. Er hat sie den Künstlern gewidmet.

The editor does not consider it advisable to study these Caprices, or indeed any lengthy pieces, one after the other. It is better to lay them aside from time to time; to work on special passages selected from them, then to play these connectedly; then to begin again, gradually filing away the difficulties, until it is felt that the moment has come for applying the finishing touches to the work. For just as beauty, if in the wrong place, or enjoyed to excess, will at last create indifference or satiety, so too, on the other hand, a study begun in moderation, and continued with enthusiasm will facilitate progress, maintain an even balance of forces, and preserve for art that magic charm which is its very soul.

All these Caprices are chosen from Paganini's first work. He dedicated them to the artists. English translation by Mevanwy Roberts.

L'éditeur ne serait pas d'avis qu'on étudiât ces Caprices de suite, et surtout les plus importants. Il vaudra mieux les abandonner de temps en temps, en reprendre des passages séparément, jouer ceux-ci ensemble, puis les reprendre jusqu'à ce qu'on se juge capable d'y mettre la dernière main. Les choses les plus belles, si elles ne sont pas à leur place, ou si l'on en jouit avec excès, engendrent l'indifférence ou l'ennui; aussi n'est-ce qu'une étude pondérée, mais poursuivie avec ardeur, qui aide à faire des progrès, maintient les forces en équilibre et conserve à l'Art le charme qui en sera toujours l'âme.

Tous ces Caprices sont tirés de l'œuvre Ier de Paganini. Il les a dédiés aux artistes. Traduction française par J. G. Prod'homme.

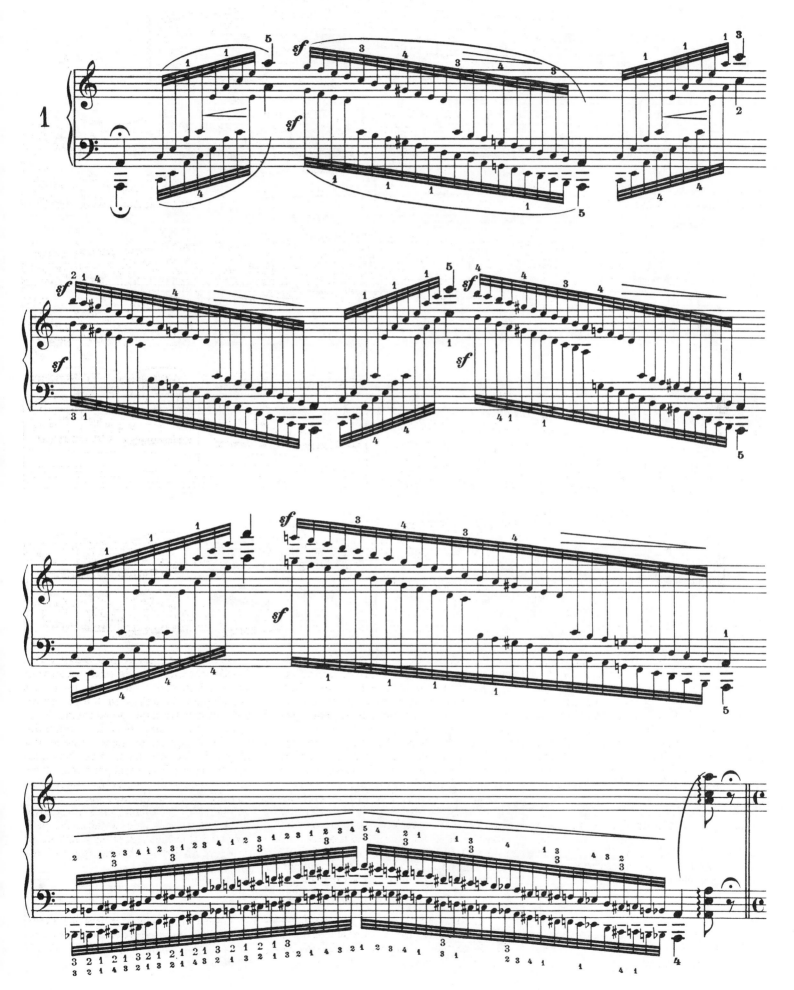

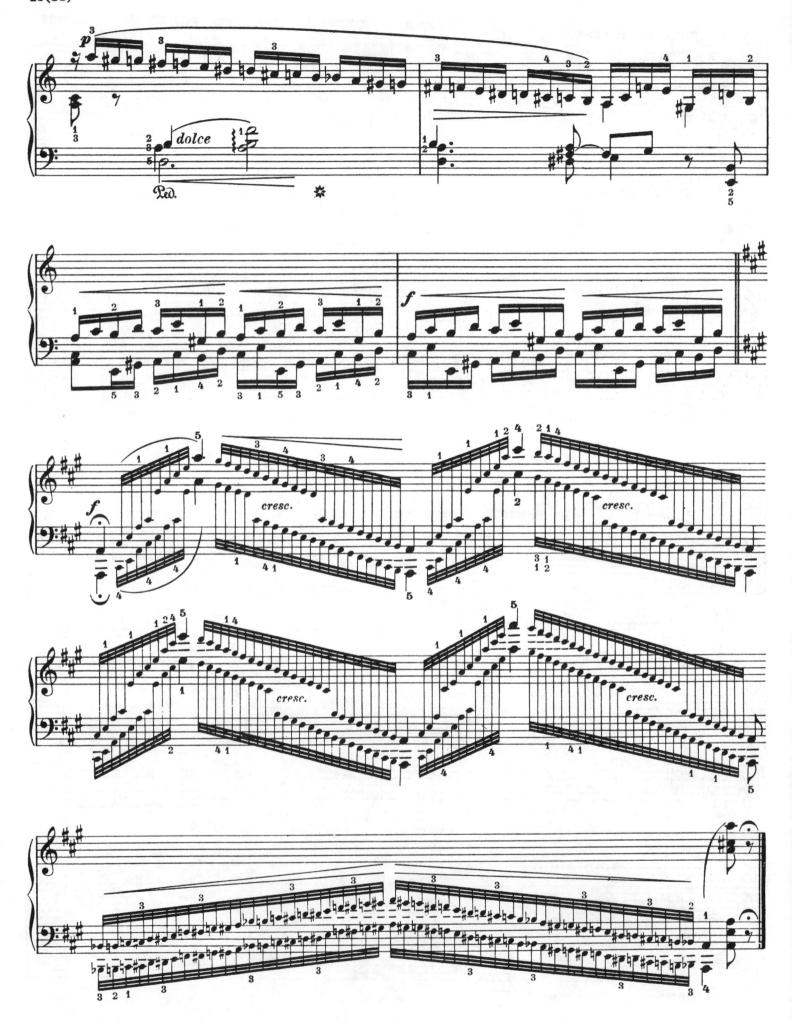

Allegro molto M.M. ♩ = 104

6

Intermezzi

Kalliwoda gewidmet

Robert Schumann, Op. 4
(1832)

I

Allegro quasi maestoso M.M. ♩ = 120

Presto a capriccio M.M. ♩. = 144

II

a tempo

lento

III

Tempo I

IV

Allegretto semplice M.M. ♩. 50

Coda

attacca

V

Allegro moderato M.M. ♩ = 144

Alternativo
L'istesso tempo

3923

3923

Impromptus
über ein Thema von Clara Wieck

Impromptus
on a theme by Clara Wieck

Impromptus
sur un thème de Clara Wieck

Erste Ausgabe
First Edition
Première Edition

Robert Schumann, Op. 5
(1832)

Un poco Adagio M.M. ♩ = 80

3

Allegro con brio M.M. ♩ = 132

11

Impromptus
über ein Thema von Clara Wieck

Impromptus
on a theme by Clara Wieck

Impromptus
sur un thème de Clara Wieck

Zweite Ausgabe
Second Edition
Deuxième Edition

Ziemlich langsam M.M. ♩=80
Piuttosto lento

Robert Schumann, Op. 5
(1832)

Thema

1

Lebhafter M.M. ♩ = 88
Più vivo

Lebhaft M.M. ♩.=92
Vivo

5

Davidsbündlertänze

Davidsbündler-Dances   Danses de Davidsbündler

Walther von Goethe zugeeignet

Erste Ausgabe
First edition
Première Edition

Alter Spruch
In all und jeder Zeit
Verknüpft sich Lust und Leid:
Bleibt fromm in Lust und seid
Dem Leid mit Mut bereit

Robert Schumann, Op. 6
(1837)

Florestan und
Eusebius

Innig (M. M. ♩ = 96)
Con intimo sentimento

E.

Ungeduldig (M. M. $\half = 88$)
Con impazienza

4

Etwas langsamer
Poco più lento

(sehr zart)
(assai teneramente)

E.

Sehr rasch und in sich hinein (M. M. ♩. = 120)
Molto vivo, con intimo fervore

6

Nicht schnell mit äußerst starker Empfindung (M.M. ♩ = 96)
Non presto profondamente espressivo

F.

E.

Hierauf schloß Florestan und es zuckte ihm schmerzlich um die Lippen.
Hereupon Florestan stopped, and his lips trembled sorrowfully.
Sur ce, Florestan s'arrêta et ses lèvres frémirent douloureusement.

F u. E.

ad lib. D.C.

Mit gutem Humor (M.M. ♩= 132)
Con buon umore

16

Nach und nach schneller
Poco a poco accelerando

Coda

F u. E

Ganz zum Überfluß meinte Eusebius noch Folgendes; dabei sprach aber viel Seligkeit aus seinen Augen.
Quite redundantly Eusebius added the following; but great happiness shone in his eyes the while.
En sus Eusèbe songeait; et en même temps, ses yeux exprimaient l'extase.

Davidsbündler
Achtzehn Charakterstücke

The Davidsbündler
Eighteen Characteristic Pieces

Davidsbündler
Dix-huit Morceaux caractéristiques

Zweite Ausgabe
Second edition.
Deuxième Edition

I

Robert Schumann, Op. 6
(1837)

*) Clara Wieck

3923

VII

VIII

Frisch (M. M. ♩ = 100)
Con freschezza

IX

X

XI

XII

Mit Humor (M.M. ♩=96)
Con umore

XIII

Wild und lustig (M. M. ♩=152)
Selvaggio e gaio

XIV

Zart und singend (M. M. ♩=100)
Dolce e cantando

Coda

XV

XVI

Mit gutem Humor (M.M. ♩=132)
Con umore

XVIII

Toccata

Ludwig Schunke gewidmet

Robert Schumann, Op. 7
(1833)

Allegro

Dem Spieler möglichste Freiheit des Vortrags zu lassen, sind nur Stellen, die etwa vergriffen werden könnten, genauer bezeichnet
In order to allow the player as much freedom as possible, fingering has only been marked in the more difficult passages
La plus grande liberté d'exécution est laissée à l'exécutant, seuls les doigters, qui pourraient induire en erreur sont marqués avec soin

*) Der Herausgeber glaubte doch grössere Vorsicht üben zu müssen, indem er diesem grandiosen Sonatensatz, der „Toccata Toccatarum" einige Vortragszeichen hinzufügte
The editor considered that by way of precaution, he would do well to add a few marks of expression to this magnificent Sonatamovement, the "Toccata Toccatarum" (Toccata of Toccatas)
Le réviseur a cru devoir agir avec une grande circonspection en ajoutant quelques indications pour l'interprétation de ce grandiose mouvement de sonate, Toccata Toccatarum

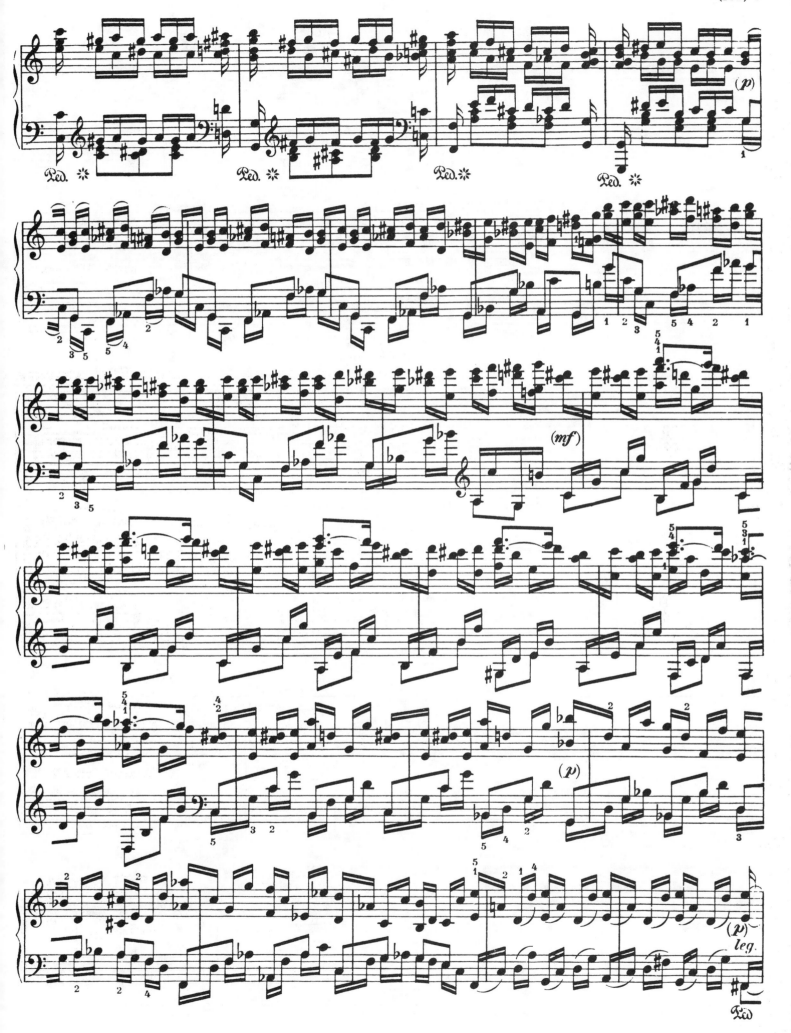

Allegro

Baronin Ernestine von Fricken gewidmet

Robert Schumann, Op. 8
(1831)

8
più lento
a tempo
mf
8
L.H.
cresc.
Ped.
f
cresc.
sf
sf
L.H.
sempre f e marcato
Ped.

a tempo